現代短歌クラシックス11

緑の祠

五島諭

目次

緑の祠

サウンドトラック　008
小説　019
ゴーヤを植えた　023
あした晴れたら　028
夕日へ　033
天狗蝶、捕まえました　040
身の丈　043
〈i〉をめぐって　046
同時通訳　063

パイロット　066
雲雀　070
ノルウェーにも持って行ったノートから　076
空についての考察　086
ヒエラルキー　098
喜怒哀楽　102
UFOキャッチャー　108
オレンジの歌　114
春の俳句　115
一コママンガ　118
酔ったというと　123

追加作品（二〇一三〜二〇一四）

長歌と反歌　130
私と職場　133
日当たり　136
あとがき　140

緑の祠

サウンドトラック

地声から裏声に切り換えるときこんなにも間近な地平線

美しくサイレンは鳴り人類の祖先を断ち切るような夕立

写真を飾るという習慣の不思議さを考えながら星空を見る

無とは何か想像できないのはぼくの過失だろうか　蝶の羽が汚い

あしたふる雪のことばが中指と人差し指のあいだに宿る

約束を果たせないまま物置の隅に眠っているシュノーケル

触れることのできるあたりに喋らない鸚鵡と水泳少年がいる

くもりびのすべてがここにあつまってくる　鍋つかみ両手に嵌めて待つ

ラジカセの音量をＭＡＸにしたことがない　秋風の最中に

夜に飛ぶ旅客機の光の色をこいびとの目の奥に見ている

息で指あたためながらやがてくるポリバケツの一際青い夕暮れに憧れる

BABY, BABY, NAVY BLUE 君の体の可能性［死］の隣にいたい

ペンキ屋が梯子を降りる頃合を水平にどこまでも歩いた

黒い花　しばらく会っていなかったいとこがかじかんだ手をひらく

擬態する蛾の内奥に閉じこめろ力にまつわる思考のすべて

救われるということは何ベンチプレスする人々が窓から見える

まだ雪がふらないせいで目も耳も鼻も両手も他人に慣れない

洋梨の明かりを包みこむ指で足し算も引き算もしていた

公園のベンチのへりの鳩の糞は史上最大のチャームポイント

どこか遠くで洗濯機が回っていて雲雀を見たことがない悲しさ

果物屋になる人たちへ　遠い日のあけびをいつか売ってください

もし生まれ変われるのなら透明の傘かパイプ椅子がいい

手探りが足りないのです早朝の自分の爪は薄くて白い

三毛猫はいつも退屈（地下街を抜け）三毛猫はいつも憂鬱

世界を創る努力を一時怠って風に乗るビニールを見ている

語るしかないミキサーの野菜ジュースのこと解凍される鶏肉のこと

瞬間的にうれしさはくる近くでも遠くでも雑草が緑だ

新しい人になりたい　空調の音が非常に落ち着いている

はじめから美しいのだこの手からこぼれていったポップコーンも

フィールドに白いラインを引く人のように遠浅の渚を歩く

小説

寄せてくる春の気配に文鳥の真っ白い風切羽間引く

久々に銀だこのたこ焼きを買う雨の大井で大穴が出る

空までの距離に引きつる　縄梯子摑もうとして伸ばした手から

シャワーでお湯を飲みつつ思うぼくの歌が女性の声で読まれるところ

プリズムが陽光を虹色にする春の終わりにバイトが変わる

「失態を演じる人」の「演じる」のあたりで五月雨が川をなす

午後5時に5キロの米を買いに出てどこかにきみはいないだろうか

ミュージックビデオに広い草原が出てきてそこに行きたくなった

物干し竿長い長いと振りながら笑う　すべてはいっときの恋

デニーズでよい小説を読んだあと一人薄暮の橋渡りきる

ゴーヤを植えた

こないだは祠があったはずなのにないやと座りこむ青葉闇

悲しみが湧出しては埋めつくす茶の芽を摘めば少ぅし香る

子供用自転車とてもかわいいね、子供用自転車はよいもの

エメラルドグリーンの春にターコイズブルーの夏が添寝している

一年に五回くらいは考えを整理するのに俳句を使う

夏の虹ベタなことばも使いよう

しょうもない馬鹿がまわりを振り回す仕様がないなその愛らしさ

この草は青菅だろう寒菅にくらべてつよく鋭い葉先

堆肥をまぜて五日寝かせていた土にゴーヤの苗を三株植えた

夏の盛りに遊びに来てよ、今日植えたゴーヤが生ってたらチャンプルー

はなわビル２Ｆの気功教室は気功が人をたしかに変える

手のひらにいくつ乗せても楽しいよ茄子のかたちをした醤油差し

怪物もきれいなほうがいいなあと夕陽に向かってかざす羽箒

あした晴れたら

夏の本棚にこけしが並んでる　地震がきたら倒れるかもね

釣り道具を使ってつくるストラップ　ピンクのルアー揺れてすげない

夢のやわらかい部分を潜りぬけ荒れた部分にひろう富籤

いつも陽気に振る舞えばとても内気ではあっても陽気なんだね

白金《プラチナ》のプーチン像をふんだくりプーさんたちは釜山へ逃げた

「ぷ」のつく歌

鶴岡八幡宮

大吉を引けばいいけど引かないと寂しさが尾を曳く、でも引くよ

晴れたらばなにしようかな晴れたらばなにもかも太陽のほしいまま

ちりとりが垣根の上に置いてあるだけの些細な些細な遺跡

プルートのプラスチックのプロペラ機prrrrrprrrrr

不意に懐かしくなるほど胃の重くなるなるほど歌の話煮つめて

買ったけど渡せなかった安産のお守りどこにしまおうかなあ

蝶や黄金虫の羽が好きだろう肥沃さがあなたのいいとこだろう

夕日へ

若白髪生えれば金持ちになれる／とりとめもなく海をはなれる
曇天の、路上の、猫の両の目の、煙草、もらってもいいですか

いつの日か級友たちはいなくなりここには避雷針だけのこる

たのしかったはずの昨日が泣いていて羽虫を振り払う夏の庭

おじさんになる自由など思いつつ、鳥の風切羽拾いつつ、

女の子に守られて生きていきたいとときどき思うだけの新世紀

花火の音におどろいて猫が身構えるこの一夏を長いと思う

歩きだせクラス写真の片隅の片隅ボーイ片隅ガール

涼しげな香りのどくだみ化粧水ただそうやっていればいいのに

懸命に先生を慕うしかないあなたに夏の自由研究

中国で出世する自信もなくて気もなくてひぐらしが鳴いていて

夏の庭から連れ出したかなへびを知らない人に売る夢を見た

ジーパンのほつれたところから見えるにじんだ肌の色の宇宙船

下敷きと髪で起こした静電気自由を求めてもいいはずだ

みんなみんな想像以上に真面目だしピュアだけど台風の日の暗渠

青空も災いなのにああだれもラジオ体操をしているだけだ

ハンサムな左腕投手が投げてくるスローカーブのような宇宙船

歩道橋の上で西日を受けている　自分 yeah　自分 yeah　自分 yeah　自分 yeah

夕映えは夕映えとして　同世代相手に大勝ちのモノポリー

天狗蝶、捕まえました

傘の用途

グリップをかるく握って笹の葉の揺れるあたりをさっ、と振り抜く

時間を敵にまわす稚拙な生き方の　花の写真のあるカレンダー

歓迎会兼送別会の出しものは、加藤・三ケ田《みかだ》のコントが受けた

「ありがとう、うれしい。」の「、うれしい。」を削除して月のマークでメールを結ぶ

ここだけの話にしてもいいけれど話の中のひと、仄青い

天狗蝶捕まえにいくぼくたちのはかない業《わざ》が勝つこともある

フォーク投げたくてボールを挟み込む指の力のようだよ鬱は

身の丈

ルービックキューブにひそむ数学を解きおこすドイツ語のウェブサイト

六月になって間もない日の暮れを強い堆肥の臭いに咽ぶ

このところ変わったことはなにもない　日本の花火よりどりみどり

八月、伯父が死んで、榧《かや》の碁盤を相続した

身の丈に合わない品はかなしむに足る身の丈に合わない品は

教養を身につけるのに適当な時間の長さとかあるのかな

灼熱の赤い木の葉を手に持ってあの子にはあの子の遊び方

干し柿をこま切りにして加えれば冬の味きわやかな白和え

〈i〉をめぐって

はつなつは目に映るすべてのものに視線を返すことにしている

朝靄を汽車のようだというきみをためらいながら親称で呼ぶ

ゴンドラが緑の谷の上をゆく　うれしさと不安の起源はおなじ

死のときを毎秒察知するようにホースの中を水が走るよ

宇宙はとても暗いところで保たれる／帽子の上から頭に触れる

等間隔に並ぶ街灯世界を創る眼として足元を照らしつつ

いくつもの異なる星座を組み入れて一人のときに泣いている〈i〉

話したらとても疲れて紫の窓が遠くにぼんやりひらく

祈るときますます強く降る雨の撥ねっかえりでまっ白い道

破り捨ててしまうほど近くではない幼いころに取った手形は

信じることの中にわずかに含まれる信じないこと　蛍光ペンを摑む

白い蛾がたくさん窓にきてとまる　誕生会に呼ばれた兵士

零時とも二十四時ともいえてただ黒い大きい金庫のような

こいびとは声帯を壊してばかり水星白く残る明け方

左の靴紐を結んで（西風の日の）右の靴紐を結んだ

つつがない茜色した朝焼けの雲を守っているものは何

大いなる今をゆっくり両肺に引き戻しつつのぼる坂道

頬から順に透きとおりつつ八月の水平線をきみが歩くよ

日付など人為と思う草の葉をぽつぽつ渡っていく糸蜻蛉

閉じた目に西日が当たる　見えるのはシネマのように繰り返す宇宙

深緑の楓の下に停止する銀行員の乗る外国車

白い柵の向こうの家に住む人を知らない／ミルク苺が甘い

猫が飲みのこした水はきらきらとかすかな脂浮かべて揺れる

どこまでも展けるような夏の日は兵士を必要としていない

草原の中に大きな門があり疑いもなく子供がくぐる

Yシャツのしみが気になる／快晴の一本道を歩いて抜ける

もう夏のことはだいたい知っている水撒くときに駆け抜けた犬

ひとりでに世界が進化する夏のスプリンクラーひかりばらまけ

判断にうつくしい影　強烈な西日を受けて立っている〈i〉

鳥の飛び去ったあとには一面にバドミントンのシャトルが残る

落ち着いて話がしたい長時間露光の星の写真のように

たそがれて鳥を撒く手に見えている鷗に餌をやる人の手は

乱反射して光りあう夕立の路上にあおむけの甲虫

青い屋根の比率が高い裏道を兵士のような歩幅で歩く

紫の象の刺繍を終えるまであとどのくらい頷くだろう

二十一で兵士になった二十一からの宇宙を待っていたから

十五分くらいで雪の結晶をつくる装置が原宿にある

おのおのの持つ思惑が教室のあちらこちらにこぼす草の実

世界を収縮させたような街灯のあかりの下でヘアピンをひろう

夕方は出口がとてもよく見えて自分のからだが嫌いな兵士

続けざまに雷は落ちどの家もきれいに洗われて眠り込む

金融を愛した伯父を思い出す闇は犇きあう黒い旗

天体を望遠鏡でたぐり寄せ見るというまだ小さな不安

必要ないことは言わない　指先がかすかに腫れた守宮に会った

ほの暗いエレベーターで考える人類の眼精疲労について

土の位相、雪の位相に住む人へときおり薄い手紙は届く

昼と夜のあいだに細い雲は流れ子供と兵士がどこかで出会う

晴れやかな表情をしているときに、彼方を飛行船ゆくときに
信じても信じなくてもいいような巨大な数へ続く自転車

同時通訳

雪の日の代償としてはじめからなにも買わないデパートに行く

積もるのはたとえば雑誌のページを繰る、異なる人の似ている動作

送りかえされる、幼い一瞬へ　伊予柑の皮むく手ごたえは

雪の影ネイビーブルー語りだすのをためらっている人はただ

セロテープで補修したノートのことを覚えていなくてはならない、と

同時通訳のぎこちない日本語が深夜、シンクのようにしずかだ

水星をのぞむ明け方　コンビニのＦＡＸに「故障中」のはり紙

パイロット

泥のしみこんだ軍手を手にもって立っている次に見る夢にも

ゆくりなく春夏秋冬　不意にくるチャンスのように炊飯器鳴る

早朝の深い明るい草上の〈i〉へと響かせるナレーション

ひとつだけ空いている青いハンガーにYシャツ息を殺して掛ける

叫びとか憤りとか　夜道では懐中電灯ばかりが泣いて

怖いという感情に応答すればいつしか戻っている　蝶に羽

語りおえた秘密が色を失ってようやく中尉になるピンボール

夕刻の質疑応答　熱風のただ中にパイロットを生み出して

靴擦れになりかけている／大逃げの馬の話をだれかしている

自転車を押してゆく道記憶したすべての夢をもう一度見る

雲雀

月光が差していて生け垣がある　ビートが途切れないよう歩く

ある日ふとぼくの手にした親しみは煙草に咽喉を焼かれた雲雀

木や草や建物の光と影の果てしのなさにきみも佇む

最高の被写体という観念にこの写真機は壊れてしまう

梅の木に立てかけておくスコップは冬の終わりのいかれた花火

〈空間〉に〈リゾート〉とルビが打ってある〈空間《リゾート》〉がほころびて血を吐く

青春の終わりを告げられる人の胸の明かりをぼくは集める

今年に入ってむなしさを禁じえないという　平成十八年の従妹は

コンクリートの凹みが三日月に見える　さやさやと空に浮かぶ三日月

蟷螂の食べている蛾を蟷螂の視界へと飛び込ませた力

見捨ててはいけないという観念にこの写真機は壊れてしまう

手の甲で光をはじくようにして愚鈍な野良犬を追い返す

履歴書の学歴欄を埋めていく春の出来事ばかり重ねて

薄明の坂の頂　胸郭に光を充たすように生きなよ

夜も明るい公園を見ていると、就職活動しようと思う

紺色の横須賀線のシートから手紙のようなメールを送る

ときとして冷たい人でありたいと願う／夜明けの鳶を目で追う

ノルウェーにも持って行ったノートから

猫に逢う時間に散歩していたら不思議な猫に遇ってしまった

そのぐらい一瞬だよとささやいて蟻をつぶした　漆黒の蟻

口いっぱいふくんだ水を一回で飲みほす苦しいね夕景は

もう一度話したいだけ　コンビニのユニセフ募金箱に10円

昔見たすばらしい猫、草むらで古いグラブをなめていた猫

RIMIのビニール袋振り回したあとやっぱり野球がしたい夕焼け
＊RIMIはノルウェーのコンビニ

このごろは時間に敏感になっている雪をうつした写真のように

てのひらが冷たい夜を道なりにスイマーズハイ、スイマーズロー

宵宮の赤い光と草むらの夏の緑のなかに逃げこむ

ノルウェーはホテルの部屋の四隅まで醒めているのだろうかぼくらは

またひとつ何かが割れる音がして星夜　サッカーパブは盛況

夕暮れの不思議な猫に会いにゆく短い秋を　許してほしい

風景に不意に感情が降りてきて時計見て、また歩かなくては

１９８４年ゆきがふりそのよるぼくは発見をした

空港の管制塔のなつかしいひかりの下でまどろむ兵士

さいか屋の紳士服売り場の一角にノルウェーの薄明を重ねる

＊さいか屋は横須賀のデパート

ああこんなもんかと言い切れないことの肺腑につまるような薄雪

旅先の猫きょう明日その先の日々さようならさようなら猫

感情が混ざってわけのわからない光る水だよ留学制度

セロテープで補修したノートのことも覚えていなければならない、と

開演を控えて揺らぐ　薄明のメトロノームに聴き入る兵士

目覚めては水の止まった噴水の噴出口をじっと見ている

はればったい瞼を指で押しているその瞼その指の血管

誰からも生きて帰れる保証などもらえるはずのない宇宙船

まずぼくに必要なこと：ハイロウズのライブ見るための予行演習

ファミレスで水ばかり飲んでいたころに山村暮鳥もはじめて読んだ

ノルウェーのホラー映画のレズシーン　記憶を霙のように濡らして

窓を叩く風の強弱　友人は留学に将来を託せるという

ぼくの旅は他人のものではない旅で帰ろう光る唾吐きながら

空についての考察

遠巻きに雲は流れるひとびとの爪を不思議な色に光らせ

意味のない比喩を探そう　でたらめに歩けばまつ毛はただしく揺れる

汽笛とはいつも遠くに聴くもので桜並木のふかみどりいろ

建物の輪郭光るなかをゆくかけ算九九を口ずさみつつ

目をこらす一瞬ぼくの奥行きが半分ほどになる夏の暮れ

蜻蛉の味がするだろうかと夕闇を含む大気を吸い込んでいる

星空は見上げるためにあるもので　小さなころからある泣きぼくろ

ドイツ史を読み終えて目を伏せるとき戸棚の中のストップウォッチ

挽き肉のかたまりに手を押し当てて手形をとっている夜明け前

また不意に汗ばんでいる　世界が地層なして折り重なる朝

真っ青に夏野ひろがる（ドラム缶の中身は何だ）夏野ひろがる

目玉焼きを食べられないでいる間にも印刷されてゆく世界地図

ただ夏と呼ばれる季節テーブルに靴の片っぽだけを乗っけて

高層雲　さわさわと目が痛くなり白いタオルに顔をうずめる

シュロの葉をやさしくそよがせるために壊れたスピーカーを窓辺に

雨の夜ひと差し指を折り曲げてちいさな橋をひとつつくった

キリル文字が脚に彫られた椅子がある　込み上げるものなんてもうない

麻紐を手首に巻けばざらざらの悲しさ　暴風圏に入った

すべての犬にある赤い舌　ミキサーの回転速度を緩めてみても

左手に持った爪切り　いまのところ何かに届かないという感覚

幼年の夢から覚めて西空の水色っぽい虹に触れにいく

もう乾きはじめたはずの水たまりには産卵の蜻蛉が群れる

干しぶどう嚙んでいたのは以前とも以後とも言えて光る夕雲

はまゆうに焦点が合いづらくなる　はるか遠くをヨットが滑る
海辺には漂流物が打ち寄せる　指先がふと他人に触れた
捕らえられた蜻蛉が羽をふるわせる現実感を誘うように

やがては溶けるかき氷にも向けているひと差し指の先の銃口

夏休み手話を覚えてアステカのミイラの少女に会いに行こうか

書き終わらないレポートはそれだけで空についての考察である

目覚ましの単二電池を替えるとき明日のぼくがうたう賛美歌

雲が消え別に悲しくないぼくと悲しいのかもしれないいとこ

人間に首があるのはなぜだろう水平線がとても近い日

朝焼けのジープに備え付けてあるタイヤが外したくてふるえる

ヒエラルキー

八月のひときわ光多い日に造られる家壊される家

白猫のひとみは遠いヨットを追う　遠いヨットは白猫になる

うつくしい岩に立つとき渚から灯台までの距離があること

海に来れば海の向こうに恋人がいるようにみな海をみている

夏の日の車輪は回るきみの目に車輪のような鬱を残して

「空耳」にすこし長めのルビをふる「しろじにしろのみずたまもよう」

一ずつ増えながら数字が白化するカレンダーの 27 28 29・・・

冷え込んだ朝の目覚めの一瞬に光の脚を見ている兵士

紺色のガラスが降ってくるような気がして怖くなる時計店

ぼんやりと横須賀線を見送った目の裏側をだれかが歩く

喜怒哀楽

新興住宅地が怖いその家とその家のあいだの一拍が

兄弟で駅の階段おりるのは無神経です　目の赤い鳩

丹念にからだを洗う、冷えている足をごまかしごまかし洗う

かたいうすい世界の全貌がうつる　がりがりと、砂利を踏み、歩く道

青空の証人として立たされてなすすべがない　〈別荘地〉、ここは

立位体前屈（どこを飛ぶときもすれすれの鳥）上体そらし

いまなにを待っても悪意　梅の花ひかる世界に目をおよがせる

あどけなくあてどない喜怒哀楽を一笑に付す　そのまま想う

音のないビデオでも見ているように　Super Snow, Super Snow

ジャンプシュートのボールのリリースポイントを微調整する／目薬を差す

瞬間は手ブレの写真　すずかけの実が足元に落ちたら　破顔

気がつくと汗はとっくに引いていて高層に風回る夜明けだ

冬晴れのポプラ並木を抜けてきた続きのように　ばかなことする

市役所の回転扉を出ていくとどてら姿の米兵がいた

部屋の隅に転がっているダンベルもよく見なければ蝶のかたちだ

ＵＦＯキャッチャー

忘れてもいいといわれて慄けば博覧会にヤシの実ジュース

劇団がチラシをつくる工程も雨降りしきるこの時期のこと

慣れないね、慣れないねえと　溜息は宇宙テレビにたけしを映す

ドイツ人留学生がはじめてのＵＦＯキャッチャーでとったスヌーピー

だれからもあてにされない証人と国立競技場外にいる

黒い目に横浜を捉えつつ歩く人、外国の人？　夕明かり

「罪と罰」の「罪」ならわかる　蝶が舌を伸ばす決意のことならわかる

昆虫や甲殻類の貌をしたミクロの粒が時間を埋める

結局は動かなくなる心、でも遭難のとき見るという青

くるしみの夜明けの空に映りあうスターホースとダークホースと

立秋のモンキアゲハよ　うたかたの宇宙の粉をばら撒きながら

海水浴客のとなりで目を瞑る白猫　大らかに大らかに憂愁

蜘蛛走る（目をへこませるようにしてきみが話している）蜘蛛消える

卓上の食器の配置　世界史の終着点のように見ている

新逗子発品川行きの急行に傘を忘れたオリンピックイヤー

オレンジの歌

アルジェリアのオレンジは品質に定評がある
アルジェリアのオレンジを剝くオレンジの中にはふるさとがアルジェリア

ナイジェリアにオレンジはあるだろうか
ナイジェリアのオレンジを剝くオレンジの中にはかなしみはナイジェリア

春の俳句

春服を着せられている私かな

花冷えにヒーローはみな窮まれり

ヒロインの泣き崩れたる菜飯かな

花嵐の外は大きな花嵐

蛍烏賊パソコン立ち上げる夜半を

追記

春の「は」は俳句の「は」だと言うけれど楽しいの「た」は何の「た」ですか

一コママンガ

雨の日にジンジャーエールを飲んでいるきみは雨そのもののようだね

インナーワールド・オブ・ザ・フューチャー　背泳を小学校のプールで一人

春雨の雨滴だらけの蜘蛛の巣を見てから約束が守れない

明け方の静かな月が好きだったきみをよく知る窓辺と思う

なぜ胸が痛むのだろう蜂蜜をシリアルにまぶした食べ物は

この春はシミュレーションのように来て花びらで描かれる世界地図

そこだけが明るいサードの守備位置につく寸前に撃たれてしまう

最低のチームの四番バッターのようで踏まずにおくチューリップ

昨日から具合の悪いパソコンを休ませてあげたいだけなのに

Nothing's gonna change your world. うるさいといわれてしょげている女の子

金髪の少女が金髪の母に英語で叱られる路線バス

貧相なメシアニズムがやってきてハードディスクを壊していった

一度だけみんなそろって月を見る過去と未来の一コママンガ

酔ったという《ママ》と

栗の花蹴散らしながら行く道のどこかに君はいないだろうか

楠《くす》の木はこんなにでかくなるのかと、行き止まりかと仰ぐ曇天

夏の熱引けて畳にうつぶせて指の先までくっ、と伸びをする

一切が許されている初秋のエアホッケーに君を泣かせる

若いうちの苦労は買ってでも、でしょう？　磯の匂いがしてくるでしょう？

上海に行ってくるよと、津田沼に行ってきたよと報告し合う

万馬券散って秋空　この次は牝馬が勝ちそうな秋の空

ヒロインを言葉のなかに探そうとラジオを修理している兵士

名画座のラブロマンスに酔ったけど酔ったというと言いすぎかなあ

柚子、柚子と柚子を見つけて騒いでは柚子投げ上げて柚子受け止めて

追加作品（二〇一三〜二〇一四）

長歌と反歌

10月、前期分の成績処理を終えて

通知票　評定5は　当該の　科目について　将来を　嘱望される　抜群の　資質を有し　そしてまた　その能力を　涵養し　伸長すべく　最大に　努力をし、かつ　さまざまに　その才覚を　発揮して　活躍したと　判定される　ことを意味する
通知票　評定4は　当該の　科目について　優秀な　資質を有し　さらにまた　その能力を　伸長し　豊かにすべく　相応の　努力をしたと　判断され

る　ことを意味する

通知票　評定3は　当該の　科目について　十分な　資質を有し　かつはま
た　継続的に　能力を　伸長すべく　いっそうの　努力が期待　される、と
いう　ことを意味する

通知票　評定2は　当該の　科目について　ある程度　資質はあるが　十分
に　その能力を　発揮して　いないことから　いっそうの　奮起が期待　さ

れる、という　ことを意味する

通知票　評定1は　当該の　科目について　必要な　わざや知識を　身につけて　いると見なせる　材料を　ほとんど何も　残さずに　学期を終えた　ことを意味する

学校に恵みの秋がやってきて静かになって涼しくなった

私と職場

チョーク入れのチョークの大半が氷柱

「素でばか」のその「素」のように雪の庭

疲れるとグリーンダカラばかり飲むブルーダカラもつくってほしい

先生はアルツハイマーになります、　と言われてそうかなあ、　言い返す

俳句には季語が要るよと教えていたらいつからかアルツハイマーになってしまった

コンビニでブルーダカラを探していたらいつからかアルツハイマーになってしまった

日当たり

緋の色の陶碗を買う陶碗はいずれ陶碗でなくなるけれど

全員で涼しいほうへ逃げていくそういう夏がまたくるだろう

樫と椨《たぶ》が張り合うように立っていてその間隙を抜けてくる風

白鷺の降り立つ浅瀬ゆるやかな柔弱と鋭利の反転ののち

月光に捧げるオイルサーディンとスライスレモンのオープンサンド

モスクワ発日本航空7便は濃霧のためになにもなせない

いつだって辛いといえばそうだけど朝靄に打ちふるえる漁船

高校のとなりに小学校がある小学校は日当たりがいい

涼しさは夏の季語だということが午後の会議で話題にのぼる

栞紐少しよじれて学問はどこまで人に届くのかなあ

夏だったような、小さな淵だったような感触だけを残して

城跡に野薊《のあざみ》ゆれる城跡が城跡でなくなるまでの日々

あとがき

『緑の祠』に、高校の教員になったばかりのころの作品を加えた今回の改訂をもって、短歌の近くに身を置いた時代に、一区切りついたと感じている。
今読み返すと、次の一首は作者としてとくに感慨深い。

春の「は」は俳句の「は」だと言うけれど楽しいの「た」は何の「た」ですか

大学で短歌をはじめて以来、私の周りには優れた作り手であり信頼できる読み手でもあるという人がたくさんいた。だから、思い切り読者に甘えた。そういう幸せな雰囲気が、この歌を読むとよみがえってくるような気がするのだ。

五島諭

本書は『緑の祠』（二〇一三年、書肆侃侃房刊）にその後の作品を加え、新装版として刊行するものです。

追加作品初出　長歌と反歌（「北冬No.０１５」二〇一四年四月発行）
私と職場（「一角」二〇一三年十一月四日発行）
日当たり（朝日新聞夕刊「あるきだす言葉たち」二〇一四年九月十六日）

著者略歴

五島諭（ごとう・さとし）

一九八一年生まれ。

二〇〇〇年早稲田短歌会入会。

同人誌「pool」、ガルマン歌会で活動。

現代短歌クラシックス11

歌集　緑の祠

二〇二三年一月二十九日　第一刷発行

著　者——五島諭

発行者——田島安江

発行所——株式会社 書肆侃侃房（しょしかんかんぼう）

〒810-0041

福岡市中央区大名2-8-18-501

TEL 092-735-2802

FAX 092-735-2792

http://www.kankanbou.com　info@kankanbou.com

ブックデザイン——加藤賢策（LABORATORIES）

編　集——田島安江・藤枝大

DTP——黒木留実

印刷・製本——亜細亜印刷株式会社

ISBN978-4-86385-558-8 C0092